如果世界只剩下海洋……

作者／ICE、黑白

灰濛色的天空，

抑鬱的太陽，

封閉的人們，

侵蝕人心的酸雨，

這裡，

是一個沉沒的世界。

每一天——生活像是雨水般的流逝……

嗨！早安！鏡子裡的我。

什麼時候天上的太陽才能像你一樣綻放得這麼美麗呢？

在害羞的太陽下，衣服永遠都不會乾。

好想要有人陪伴喔！

爺爺，你好嗎？

你在天國的冒險有趣嗎？

爸爸說，你是一位最棒的飛行員。

他教我摺的紙飛機，承載著好多好多的思念。

一個，兩個，三個。

每天都來向你們打聲招呼。

還好有你們的陪伴，讓我的寂寞少了一點。

爸爸、媽媽。你們也好嗎？

如果說，思念可以用數量計算，

那麼，我畫上了可愛小太陽的信，會乘著紙飛機到你們心中嗎？

瓶子裡裝滿了我孤單的思念，遠方的你們有聽見嗎？

這一片神祕的水域裡，藏了許多無法想像的寶藏。

如果將撿到的天空碎片收集起來，

是不是可以將失去的天空修補好？

什麼都賣的便利商店，不知道有沒有販賣溫暖？

美好的東西，是不是都很難留在身邊？

裝著我滿滿思念的瓶子。再見了……

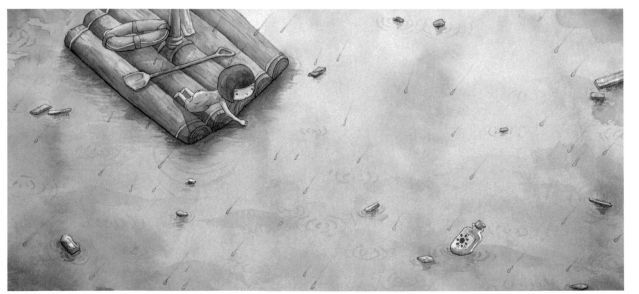

祝你一路順風。你能到達那遙不可及的地方嗎？

沒想到，今天的朋友是——

原來每天陪伴著我們的海洋

已經面目全非了。

那些曾經被遺忘的，

原來不曾消失。

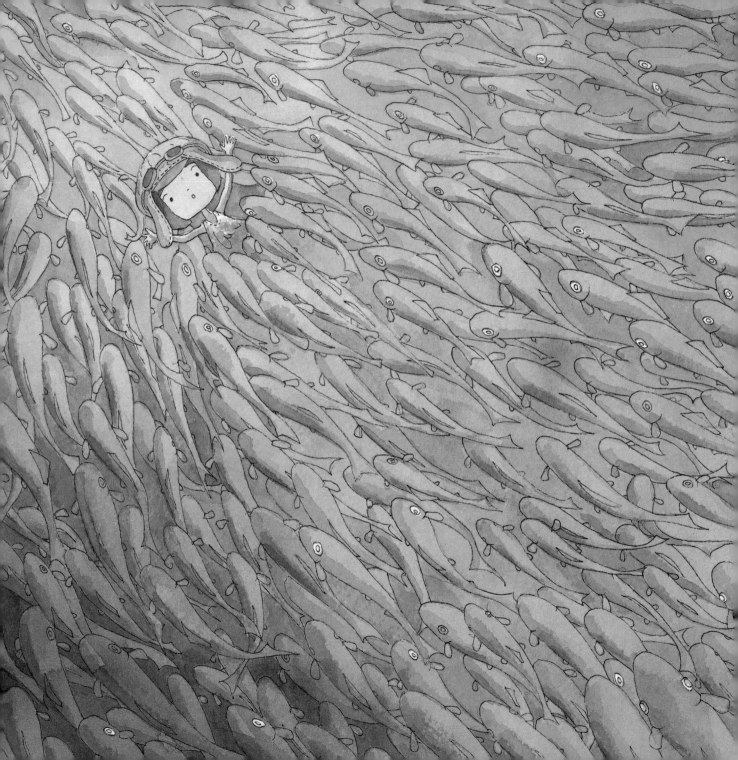

這世界——是不是有點不同了？

清澈的海洋，乾淨的空氣。

有人曾經說過，大海是生命的開始，

我好像能夠理解了。

原來這就是踩在泥土上的真實感，

讓我不禁加快速度的奔跑。

你要當我的朋友嗎？

在一片樹林中，

　　一株閃耀著七彩光芒的樹彷彿在邀請我們。

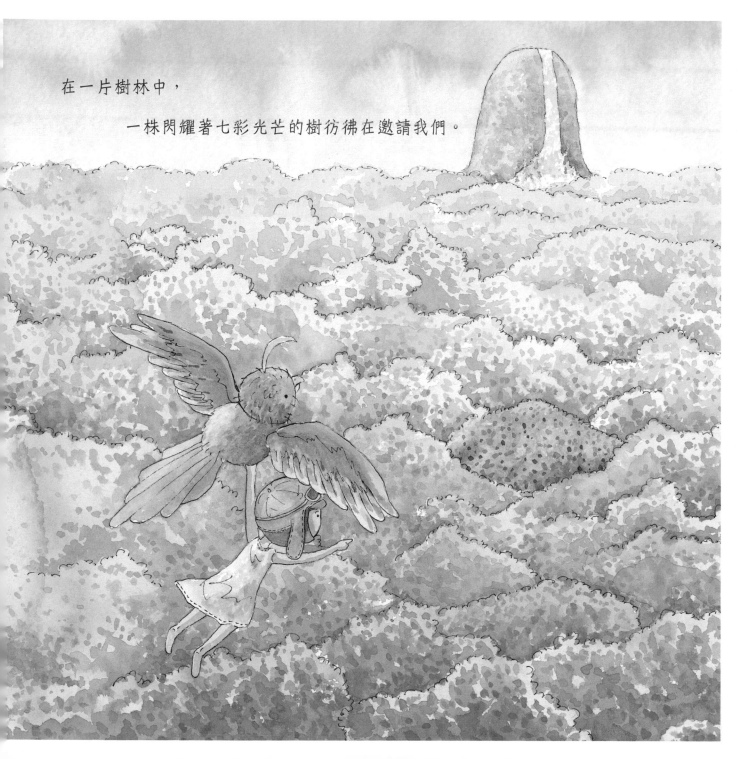

我在樹下，找到一張埋藏已久……藏寶圖。

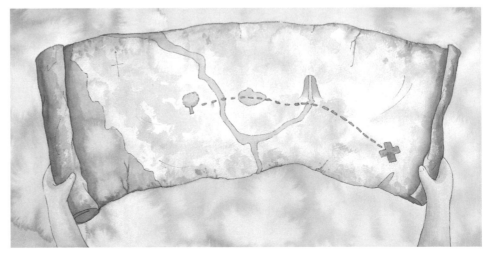

旅程開始了。

第一次，我感受到了生命帶來的感動。

啼啼嗦嗦的落葉細聲告訴我，目的地似乎到了。

有一種熟悉的感覺在我心中圍繞。

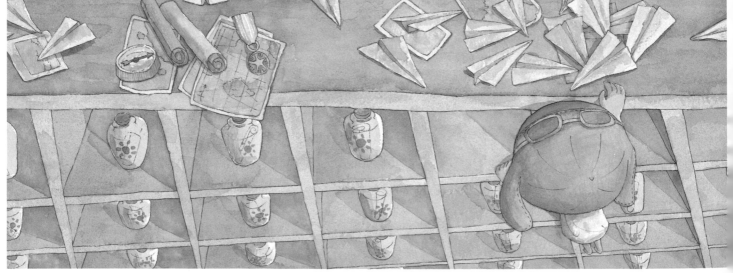

這本相簿是誰遺忘的呢？

我的旅程是不是結束了？

過去的美好，似乎只能留在過去。

而現在的我們能做什麼呢？

原來這就是最棒的思念。

爺爺，謝謝你。

我親愛的小孫女：

當這封信到妳手上時，

妳已經是個多大的女孩了呢？

這是我唯一可以為妳留下的過去，

讓妳看看從前的美好。

爺爺我想讓妳知道，

當妳對這個被毀壞的世界感到疑惑，

發現些許的不合理時，

只要記得過去的美好，

就會有著開心的心情。

要珍惜現在擁有的一切，

因為它們是多麼珍貴。

這裡保存了妳的思念，

也留下了我對妳滿滿的關愛。

愛妳的爺爺

從湛藍到灰暗，

　　　過去已經回不來了，

現在擁有的要抓住尾巴。

謝謝，我還是曾經擁有這一切。

ICE

大家都叫我小冰。

會這樣並不是因為我對待人冰冷無情，相反的，我熱愛人類，更熱愛地球。

從小就是一個家中頭痛的好奇寶寶，對每一件事情都充滿好奇，

喜歡動物，喜歡天馬行空，喜歡尋找生活中所有的美好。

國中開始拿起筆將自己天馬行空的幻想記錄在筆記本裡，

我不是個專業的文字創作者，

也不是一個專職在圖畫上面的藝術家。

但是，我天馬行空的幻想，

之後將使用畫與文字來訴説我想説的故事，與大家分享。

黑白

黑白是我對自己的稱呼，是我喜歡的顏色，

我總是把自己定位在黑白世界中，當個追尋色彩的冒險家。

從小就熱愛畫圖，永遠把藝術當成生活的部分，

喜歡從這世界中尋找有趣的人事物，並畫成故事與大家分享，

《沉沒》就是這樣的一本書。

我不是用文字寫故事的人，而是用圖畫説故事的人，

未來夢想當個繪本創作者，把想説的故事畫出來。

創 作 理 念

當初我們兩個要創作出一個從無到有的故事時,黑白直接說出他的想法,我們要做環保!

環保這個議題,其實已經有許多創作者提出來,並且充斥在每個人的生活中。

只要打開電視或電腦,看到的新聞總是地球氣候異常的問題、森林變小了、動物絕種了,

這樣的新聞從不間斷,那麼我們來想像一下未來世界會變得如何呢?

也因為這樣,導致我們想畫出這本書與大家分享,並且真的要珍惜現在所擁有的。

沉沒

2012年7月初版　　　　　　　　　　　　　　　　　　定價：新臺幣260元

有著作權・翻印必究

Printed in Taiwan.

著　　　者	黑白、ICE	
發 行 人	林　載　爵	

出　版　者	聯經出版事業股份有限公司	叢書主編　黃　惠　鈴
地　　　址	台北市基隆路一段180號4樓	校　　對　辛　小　童
編輯部地址	台北市基隆路一段180號4樓	整體設計　陳　淑　儀
叢書主編電話	(02)87876242轉213	
台北聯經書房：	台北市新生南路三段94號	
電　　　話：	(02)23620308	
台中分公司：	台中市北區健行路321號1樓	
暨門市電話：	(04)22371234ext.5	
郵政劃撥帳戶第	0100559-3號	
郵撥電話：	(02)23620308	
印　刷　者	文聯彩色製版印刷有限公司	
總　經　銷	聯合發行股份有限公司	
發　行　所：	台北縣新店市寶橋路235巷6弄6號2樓	
電　　　話：	(02)29178022	

行政院新聞局出版事業登記證局版臺業字第0130號

本書如有缺頁，破損，倒裝請寄回台北聯經書房更換。　　ISBN　978-957-08-3993-7 (精裝)
聯經網址：www.linkingbooks.com.tw
電子信箱：linking@udngroup.com